Geronimo Stilton names, characters and related indicia are copyright, trademark and exclusive license of Atlantyca S.p.A. All Rights Reserved.
The moral right of the author has been asserted.

Text by Geronimo Stilton.
Based on an original idea by Elisabetta Dami.
Original cover by Giuseppe Facciotto, Daniele Verzini.
Illustrations by Giuseppe Facciotto, Daniele Verzini.
Graphics by Michela Battaglin, Yuko Egusa, Marta Lorini.
© 2010 Edizioni Piemme S.p.A., Corso Como,15－20154 Milan － Italy
© 2017 for this work in Simplified Chinese language by 21st century Publishing Group

Original title: GLI ABOMINEVOLI RATTI DELLE NEVI

Translation by: Deng Ting

www.geronimostilton.com

Stilton is the name of a famous English cheese. It is a registered trademark of the Stilton Cheese Makers' Association. For more information go to www.stiltoncheese.com
No part of this book may be stored, reproduced or transmitted in any form or by any means, electronic or mechanical, including photocopying, recording, or by any information storage and retrieval system, without written permission from the copyright holder. For information address Atlantyca S.p.A., Italy, foreignrights@atlantyca.it, www.atlantyca.com

版权合同登记号 14－2009－249

图书在版编目（CIP）数据

喜马拉雅之谜 /（意）杰罗尼摩·斯蒂顿原著；邓婷译.
-- 南昌：二十一世纪出版社，2017.6（2017.6加印）
（超鼠奇侠；7）
ISBN 978-7-5568-1240-0

Ⅰ.①喜… Ⅱ.①杰…②邓… Ⅲ.①儿童小说－长篇小说－意大利－现代 Ⅳ.① I546.84

中国版本图书馆 CIP 数据核字 (2017) 第 047226 号

喜马拉雅之谜 [意] 杰罗尼摩·斯蒂顿 / 著 邓　婷 / 译

出版人	张秋林		开　本	889mm×1194mm 1/32
总策划			印　张	6
责任编辑	闵　蓉 顾梦莹		版　次	2017年6月第1版
出版发行	二十一世纪出版社集团有限公司		印　次	2017年6月第2次印刷
	（江西省南昌市子安路 75 号 330025）		印　数	40,001～55,000册
	www.21cccc.com　cc21@163.net		书　号	ISBN 978-7-5568-1240-0
承　印	南昌红星印刷有限公司		定　价	18.00 元

赣版权登字 –04-2017-336
版权所有·侵权必究
（凡购本社图书，如有缺页、倒页、脱页，由本社发行公司负责退换，服务热线：0791-86512056）

喜马拉雅之谜

[意] 杰罗尼摩·斯蒂顿 / 著

邓 婷 / 译

二十一世纪出版社集团
21st Century Publishing Group
全国百佳出版社

超鼠奇侠队

科贝卡

超鼠奇侠队中的科学家兼厨师，熟知各类营养配方。

超级鼠

史奎克·爱管闲事鼠，号称超级鼠，超鼠奇侠队的队长。

飞飞

活泼可爱的小姑娘，身体可随意变大或缩小。

蓝色魅影

神秘莫测的女超鼠，超鼠奇侠队濒临险境时，她总会及时出现。

咆哮仔

他的超级大嗓门足以穿透敌人的封锁线。

流氓黑鼠会

班班家族的黑大班

流氓黑鼠会老大，是个阴险残忍的暴君。

班班家族的泼辣妇

黑大班的老婆，隐藏在幕后的策划者。

卡利奴

黑大班的心腹，也是安插在奇鼠城的眼线。

班班家族的菲丽斯

黑大班的小女儿，喜爱研究各种毒虫毒草。

鼠镖一、二、三

黑大班身边的保镖，天生神力，膀大腰圆，只是中看不中用。

目录

在十一月深冬一个寒冷的下午，有一个鼠默默地穿行于 **奇鼠城** 的大街小巷。

这好像没什么值得大惊小怪的，可 **问题** 是——这个鼠，准确地说，这个女鼠可不一般，她叫菲丽斯，是臭名昭著的 **流氓黑鼠会** 老大——黑大班的女儿！一个流氓鼠怎么会在地面上旁若无鼠地四处闲逛呢？她想在城里干什么？？？

菲丽斯小心谨慎地往前走，在

一家雪糕店门口停下脚步，**环顾**四周，然后迅速闪入店里。

一个戴着帽子和墨镜的浅毛色老鼠朝她走过来，问道："你最喜欢哪一座山？"

"喜马拉雅山。"菲丽斯镇定地回答。

接头暗号核对无误后，两个鼠满意地坐到一张桌子旁边。

"我是贝尼·波罗奈，"那个浅毛色的老鼠自我介绍道，"挪威鼠教授的助理。你应该就是《**淘气画报**》的记者吧？我很……"

菲丽斯瞪了他一眼，他们现在可没时间说东道西……

"东西带来了吗？"

她打断贝尼·波罗奈的话，直截了当地问。

他**皱**起眉头，答道："你这是什么态度啊？算了，东西在这儿，给你……"

他从口袋里拿出一张 Ⓓ Ⓥ Ⓓ 。

"挪威鼠教授的秘密就在光盘里，你可以用来作**独家报道**。我们本不想公诸于世，不过研究经费实在短缺。对了，钱带来了吗？"

"当然带了。"菲丽斯毫不犹豫地回答。同时，她趁对方不注意，悄悄按了一下手表上的按钮。

雪糕店外停着一辆硕大的汽车，汽车仪表盘上的一盏小灯开始闪烁。

看到那个信号，车上的鼠蠢蠢欲动，那个不断闪烁的信号表明菲丽斯需要帮助。很明显，这不是一辆普通的汽车，而是流氓黑鼠会的**钻头汽车**。车上的鼠自然是黑大班的三名贴身保镖，也就是膀大腰圆的鼠镖一、二、三。

鼠镖一、二、三走进 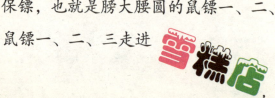，

直奔向菲丽斯和戴着墨镜的浅毛**鼠**。

"发生什么事了？"

贝尼·波罗奈问道。

没等他弄清楚状况，四只胳膊，准确地说是六只胳膊一齐不由分说地把他**提**起来，拖出了雪糕店。

"你……"

"……跟我们……"

"……走！！！"

几分钟之后，钻头汽车开足马力，如

离弦之箭

直奔流氓黑鼠会的据点——坐落在臭烘烘的**下水道**深处的噬鼠洞。

黑大班一听到引擎的轰鸣声，便像弹簧一样从宝座上一跃而起，**迅速冲**到大厅门口。

看见鼠镖一、二、三拖着贝尼·波罗奈走过来，黑大班失望地看着女儿，说："我的乖女儿，我们这样**大干一场**，不会就是为了这个一文不值的小老鼠吧？"

"我的小班班，别这样说……你怎么就不能相信我们的乖女儿一次呢？！"泼辣妇为女儿解围。她搂住菲丽斯的肩膀，表现出一种不同于往常的

泼辣妇的两只宠物小怪兽艾夫和波白抓挠着菲丽斯的脚踝。菲丽斯有点**不开心**地将事情的经过一五一十地向黑大班汇报。

"这个贝尼·波罗奈，是挪威鼠教授的助理。他们登上喜马拉雅山，发现了一种植物，说不定可以一劳永逸地解决我们和地面上的超级老鼠之间的问

题……"

"什么?！真的?！"

黑大班不敢相信, 大声嚷道, "**区区一棵植物**怎么可能帮助我们实现伟大的计划? 这简直是天方夜谭!"

"我们现在就来揭开谜底!"

菲丽斯将贝尼·波罗奈给她的 DVD 塞进驱动器, 一名被衣服**裹得严严实实**的老鼠立刻出现在超大屏幕上, 画面里的老鼠对着摄影机激动地喊叫: "我们找到*百年果*了! 贝尼, 快看这些叶子。我研究了成千上万种叶子, 却从未见过这种形状的……这种植物真是**世间稀有**, 每一百年才会结一次果实! 你等一下, 我现在就去尝一尝……"

然后, 摄影机拍下教授将一颗浆果放进嘴里的画面。

　　"嗯,"他一脸怪表情地嘟囔道,"像**柠檬**一样酸涩,味道还不错……"

　　"您怎么啦,教授?我怎么感觉您变得像幽灵一样白……"一个画外音惊叫道。

　　"怎么会?我感觉好得很呢,贝尼!我这一生中还从未比现在更好过……"

"教授！"画外音继续惊声叫道，"您脸上正在冒出一簇一簇的白毛！您正在长高……"

画面太**惊心动魄**了：教授的身体不断膨胀，柔软又**浓密**的白毛盖住他的身体，直至将他完全掩盖。

录像突然中断。

"这场小丑剧到底是怎么回事？"黑大班咆哮

道，

"娱乐剧集吗？"

"这不是电视剧，等等等等……这是真鼠真事！这个老鼠知道

百年果

的秘密！"

这时，黑大班的助手卡利奴接着对贝尼·波罗奈说："该死的学生仔，你最好把你知道的详情老老实实一五一十地说出来，如果你不想给自己惹麻烦的话……"

贝尼吓得魂不守舍，不停地**发抖**。流氓鼠臭名昭著，和他们交往可得小心。于是，他说："我全部告诉你，但是，我求求你们……"

"快说，笨蛋！我可不想耽误美甲的时间来听你讲故事！"泼辣妇不耐烦地嚷嚷道。

"**百年果**的威力非同一般……"贝尼坦白道，"但是持续的时间有限。当教授变回原形后，他决

定好好研究这种浆果。于是，我们采集了很多成熟的 **果 实**，并提取了三瓶精华液，取名为'**喜马拉雅之谜**'。"

"然后呢？"黑大班大吼道。

"只要三**滴**百年果精华液，一个普通的老鼠就可以变成雪怪恶鼠！"

黑大班满意地嘿嘿坏笑起来。

"这才说到重点了！雪怪恶鼠……用它们来对付那些戴着面具的**超级老鼠**，进而占领奇鼠城，这真是再完美不过了！"

"不，你们不可以这样做！"

"以一千条石斑鱼的名义发誓！我们当然可以！而你，必须告诉我们**精华液**藏在哪里，如果你还想保住自己的皮毛的话！"

贝尼摇摇头，"已经用完两瓶了……"

"那还有一瓶呢？"黑大班步步紧逼。

"藏在教授的**实验室**里，在**喜马拉雅山**一

座无名村庄内。"

　　"无名村庄……你应该知道它在哪里！你只要画张地图，把实验室的具体位置仔仔细细地标示出来，其余的事情交给卡利奴去办。"

12 月 31 日的午后，奇鼠城天寒地冻。整座城市被白茫茫的大雪 **覆盖**，铲雪车来回忙碌着，车辆像蜗牛一样慢慢爬行。

所有车辆都在艰难地挪动前行。

所有车辆……除了一台。一个胖嘟嘟的身体正在车辆之间如箭一般穿行。

← **"大家快让开，**

我的比萨饼都凉了！" →

史奎克·小胖鼠大声喊道，身上裹着一件黄色羽绒服，戴着一条黄色围巾。

"哇，**雪地电动车!** 你从哪里弄来的？"一位司机羡慕地大声问道。

"不好意思，这辆车没得卖！"小胖鼠微笑着回答，心里想着多亏了天才的科贝卡帮他把原来的普通电动车**改装**成现在的雪地电动车。

经过国会大厦路和凡丹戈大道的交叉路口，小胖鼠注意到两棵树之间拉起的一条横幅，上面写着几个大字：**雪鼠 & 雪鼠**。这是在宣传奇鼠城迎接新年的活动：堆雪鼠比赛。

我们的超鼠英雄一路飞快地向前直行，迫不及待地想回家品尝科贝卡准备的丰盛晚餐。

整座城市的空气中都弥漫着**节日**的气氛，提醒着大家新的一年即将到来。史奎克城堡也不例外，大家都在一种欢乐愉快的气氛下期待新年的到来。

曼妙鼠正在用彩带和气球装饰客厅。黄大师端着托盘和三个热气腾腾的杯子。

"喝杯热朱古力对身体有好处。"这位来自东方的智者说。

当当当

当当当

当当当

空气锤突然震得地板不停地晃动。曼妙鼠担心是流氓鼠突然**袭击**，赶紧敏捷地从梯子上跳下来，而黄大师以一记**闪电**般的招式单手撑地，稳住托盘上的杯子，连一滴朱古力都没有洒出来。

"对不起对不起，搅拌机的涡轮不太稳定……"

科贝卡从门后探出脑袋。

曼妙鼠和黄大师长舒一口气，然后和兼科学家与厨师于一身的科贝卡一起坐在餐桌旁，静静地品尝美味的 **热饮**。

"希望大表哥今晚不要迟到。"曼妙鼠说。

"自从流氓鼠突然从 **鼠间** 蒸发之后，爱管闲事鼠大部分时间都待在妙鼠城。"科贝卡说。

黄大师郑重地放下热气腾腾的朱古力。

"这是 **暴风雨** 之前的平静。我们应该随时准备好……"

"黄大师，这话很有道理！不过不管怎样，今晚我们都要吃顿大餐。如果流氓鼠敢过来破坏节日气氛的话……"

　　"我们就一如既往地把他们赶走！"曼妙鼠坚定地说。

　　此时此刻，爱管闲事鼠正在妙鼠城的侦探社里对付比流氓黑鼠会更加顽固的对手：他凌乱不堪的小小办公室！

　　"该死的文件！文件！文件！我再也受不了！为什么偏偏是今天，我要重新整理文件？"

爱管闲事鼠通过 防盗眼 往外窥视，嘟囔着说："哎呀哎呀哎呀！这张脸孔好熟悉……"一个可怕的念头从他的脑海中闪过。

"以一千根香蕉的名义发誓！

不会是他吧？他怎么会发现我的身份？！"

来者继续敲门。

爱管闲事鼠鼓起勇气打开门。

门外站着一个胖墩墩的老鼠。

"您好……我是回收废纸的！"

"嗯……可是您……我……"

"您怎么了？脸色怎么这么苍白……"

"我……很好，谢谢。只是您和我一个……许久不见的……熟悉的老鼠……简直像一个模子里刻出来的……"

稍作停顿后，爱管闲事鼠指着办公室地板上**到处散乱**着的、堆积如山的废纸，说："总之，您来得正是时候！"

那个和黑大班长得一模一样的神秘鼠装满了整整五个**大纸箱**后，才心满意足地离开。

"那么，再见了……新年快乐！"

"再见……以一千根香蕉的名义发誓！没错！今天是 12 月 31 号！"

爱管闲事鼠**立刻冲过去**拨通一个电话。

"这里是史奎克城堡，您是哪位？"

"亲爱的科贝卡，是我……我还在妙鼠城，我差点忘了今晚要和大家一起**吃晚餐**……"

"哦，亲爱的。不用担心！小胖鼠还在外面派送比萨饼呢，你现在回来还来得及！"

爱管闲事鼠挂上**电话**，又想起刚刚来收废纸的老鼠，他确实和黑大班惊鼠地相似。

"不知道流氓黑鼠会又在谋划什么。"他暗自想着，"突然之间销声匿迹这么久，没有出来捣乱，感觉不是什么好兆头……"

这是我的计划！

自从绑架贝尼·波罗奈后，流氓鼠再也没有在奇鼠城现身。他们把所有的力气都花在**寻找**最后一瓶"**喜马拉雅之谜——百年果精华液**"上面。按照贝尼·波罗奈被逼交代的线索，卡利奴追踪到挪威鼠教授的实验室，搜寻工作终于快结束了！

卡利奴站在奇鼠城港口的一个废弃修**修船厂**等待着某样东西……或是某个鼠。

"什么时候到？我的胡子都快冻僵了。"

寒风呼呼地吹着，雪花漫天飞舞着，一艘商船正慢慢靠近码头。靠近后，一个一脸狡诈的**海盗**模样的老鼠上了岸。

"只要不碰到猫，就总会再见面的，卡利奴……"

"你拿到我要找的东西了吗，鼠托斯基？"卡利奴直截了当地问。

"那当然，也不看看你托付的是谁！"

鼠托斯基一边说，一边拿出一个装满臭烘烘液体的小瓶子。

卡利奴接过瓶子，一言不发地离开了。

与此同时，在地下的噬鼠洞里，黑大班正处于要大发雷霆的边缘。

"卡利奴跑哪儿去了？我们已经等了好几个小时了！"

"他可能迷路了……"

菲丽斯嘀咕着。

"不可能！他对码头了如指掌……而且这一次，他绝不可以让我失望！"

泼辣妇走过来，全身散发着**"沟奈尔5号"**香水的味道。浓烈的香水味呛得鼠镖一、二、三连打喷嚏。

"那么，小菲丽斯……"泼辣妇指着赛巴其奥正在摸索的一台奇怪的机器问道，"你可以告诉我这台机器会如何将流氓鼠变成雪怪恶鼠吗？"

"我很乐意，但那个该死的科学家根本不让我靠近……"

　　"制糖机是我发明的，应当由我来解释……等我最后调试好！"赛巴其奥的声音从电动云梯的顶部传来。他正趴在上面为自己研发的机器拧紧螺丝。

哐啷

哐啷

哐啷

"普通的梯子不行吗，赛巴其奥？"

"可是，老大……这是一项与众不同的发明……"

科学家嘟囔着说，身子倚在云梯的高度调节杆上。

呜呜呜呜呜呜呜呜呜呜！！！

"你们不用担心……都安排……"

嗞嗞嗞嗞嗞嗞嗞嗞嗞嗞嗞嗞

还未说完，赛巴其奥重重地摔在地上，黑大班差点被从机器上掉落的一个巨型齿轮砸到。

正当流氓鼠科学家从一堆**散落的零件**下爬出来时，卡利奴赶回来了。

"我回来了，老大！"

"回来得正是时候！我希望你带回了我们要的东西……"

"当然了，老大……任务圆满完成！"

贝尼·波罗奈看到卡利奴的手爪里握着**珍贵**的"**喜马拉雅之谜**"小瓶，迅速朝卡利奴那个瘦扁扁的流氓鼠冲过去，一下把瓶子抢走了。

"拦住他！"

贝尼紧紧握住瓶子想**逃跑**，但是泼辣妇的两只小怪兽宠物扯住了他的脚踝。

"滚开！滚！"

贝尼想把他们**踢走**，但是没有想到……

"**胜利!**" 黑大班高呼。

"哈,赛巴其奥……多亏了你的机械鼠,否则就麻烦了!"

然后,黑大班朝贝尼·波罗奈狠狠地瞪了一眼。

"把那个死老鼠锁起来!菲丽斯,你回自己的房间去……我们现在要开始干大事了!赛巴其奥,赶快启动制糖机!**攻占**奇鼠城的时刻到了!"

"可是……亲爱的爸爸……这原本是我制订的计划!这样不公平!"

"不要不听话,菲丽斯!"

泼辣妇告诫她,"你的父亲知道该怎么做!听话!"

菲丽斯气鼓鼓地离开了。不过,她趁大家不注

意，将一只手爪鬼鬼
祟祟地伸进口袋，从
里面掏出一个小瓶子，
一脸邪恶地朝着赛巴其
奥的机器油槽里倒进一种
绿色的液体，得意地说：

"现在，我们走着瞧吧！

这样你才会接受教训，赛巴其奥！这个小瓶子可以
阻止'喜马拉雅之谜'发挥作用，你的实验
就会失败！那么，你们就会需要我的帮助，这个计
划要靠我才能实现！"

黑大班紧张地在大厅里不停地来回踱步，他鼓励赛巴其奥：

"加油，再快点……奇鼠城在等着我们……**哈，哈，哈！**"

赛巴其奥终于做好最后一轮调试。"完成！"他一边宣布，一边朝制糖机里倒进几**滴**珍贵的"**喜马拉雅之谜**"。

过了一会儿，制糖机开始不停地摇晃，好像要爆炸一样……终于，一颗小小的糖果从传输带里滚出来。

"然后呢？"黑大班问。

"这是制造雪怪恶鼠的**糖果**，老大……"

"谁当**志愿者？**"

黑大班吼道。

　　"你们三个当中出来一个！"泼辣妇对鼠镖一、
二、三说。

　　"我在减肥！"鼠镖一说。

"我对糖果过敏！"

鼠镖二为自己开脱。

　　"我我我……"鼠镖三犹豫不决地说，"为什么
我总是最后一个说话？"

　　于是，鼠镖三很不情愿地成为尝试糖果的志愿
者。

他的脸一点一点变白，并渐渐被厚厚的白毛覆盖。

他的毛发变得越来越长，越来越密。

"救命啊！我什么都看不见了……"

然后，他突然停止变化，又迅速变回原来的模样。

"怎么回事？"大家面面相觑。

黑大班**不耐烦**地看着赛巴其奥。

"就是这样吗，我的首席科学家？这就是你的制糖机的功效吗？"

"应该是出了什么故障，老大……变形没有完成。我来研究一下糖果的**分子**结构，再找出解决方案。"

"我知道应该怎么办!"菲丽斯在实验室最里面大声说,"不过鉴于谁都不想我参与进来,我觉得我们不得不把**攻占**奇鼠城的时间推后一天……"

黑大班朝她走过去,脸上露出**夸张**又后悔的神色。

"我怎么可以不听我的乖女儿的意见呢?**宝贝儿**,你真的知道机器出了什么问题吗?"

"我当然知道!**这都是我一手策划的!**"菲丽斯挣脱父亲的怀抱,"要想让制糖机发挥功效,'**喜马拉雅之谜**'必须混合喜马拉雅雪松叶**精华**,还有,要注意,必须严

格遵循比例！"

　　菲丽斯一边说，一边在制糖机的油槽里倒进三滴'**喜马拉雅之谜**'，再**加进**一滴她之前用来破坏实验的绿色液体。制糖机开始运行。

嘭！ **嘭！**

呜呜！

　　一颗新的糖果从传输带上滚下来。

　　一想到又要试验新的变形，鼠镖一、二、三赶紧往**后退**。

　　"那么……谁想成为攻克奇鼠城的主角呢？"黑大班问。

"**我们！**"就在那时，四个鼠出现在实验室门口。他们是卡利奴那个沉迷于**电脑**的侄子华普，以及他的三个朋友：鼠马仔、大头鼠和顶贼鼠。

"我们希望获此特荣，击败地面上的超鼠捣蛋鬼，老大！"年轻的华普大声说。

"我们战无不胜！"大头鼠附和道。

"我们要让那几个穿着紧身衣的超鼠傻瓜吓得屁滚尿流！"顶贼鼠信誓旦旦。

"我们要歼灭他们！"华普坚定地说。

"**哈，哈，哈**……你们非常勇敢！"黑大班回答。

"等一下，老爸……"菲丽斯拦住他，用怀疑的目光打量着年纪最轻的华普。

"首先你要确保这四个家伙知道自己的职责……上一次，我们的电脑小天才的表现可是饭桶级哦*！"

"没错！"黑大班脸色一变，**冷笑**道，"我怎样才能信任你们？"

"我们有一个计划！"四个鼠展开一张城市地图，继续说，"我们明天变身为雪怪恶鼠，然后立刻发起进攻！"

"但不是漫无目的的进攻！"

*华普的失败记录请看第4册《真假超鼠奇侠》。

"对！我们要进攻市政厅！"

"我们要洗劫地面上的银行！"

"这样，就算超级老鼠*赶到*，也将束手无策！"大头鼠信心满满地说。

"这真是一个**天衣无缝**的计划！"黑大班憧憬地惊呼。

可是菲丽斯看起来相当不高兴。而卡利奴则偷偷*窃笑*，他问新加入的同伴："要吃小糖果吗？"

"以一千根香蕉的名义发誓！奇鼠城，我——来——啦！！！"

爱管闲事鼠**钻进**文件柜后面的暗门，那里和史奎克城堡相连。片刻之后，我们的超鼠英雄已经坐在**超音速**汽车的驾驶室内，全速奔向奇鼠城。

当他踏进史奎克城堡客厅时，他发现科贝卡、曼妙鼠和黄大师正目瞪口呆地**盯着**电视屏幕。

"今天，有几十名流氓鼠会的流氓鼠现身奇鼠城警察局，向当局投降。"多问·饶舌鼠报道，"根据非官方消息，这是一次无条件的投降。尽管此次投降的流氓鼠无一来自臭名昭著的班班家族，即被众

鼠视为该地下组织的核心成员……"

"嗯……擒贼先擒王。没有抓住首领，游戏就没有结束……"

"说得对，黄大师……"

科贝卡对他的观点表示赞同。

"在等待审讯期间，"特派记者继续说，"这些流氓鼠将被关押在警察局里……"

电话铃声把大家都吓了一跳。

"这里是史奎克城堡，您是哪位？"

"我刚刚**听说**一则新闻，"小胖鼠急促的声音从电话另一头传来，"我一点都不相信……"

"**我也这么想！**"曼妙鼠附和道。

"我不相信鼠尼斯·顶七鼠头脑会发热！我总觉得这是他们在哗众取宠！"

曼妙鼠眨了眨眼睛，"你在说什么新闻？"

"新年**音乐**会呀！"

"也许你应该看看其他频道的新闻，小胖鼠……"

"**为什么？**"

"我感觉现在奇鼠城需要我们……"

"可是我……我没有穿超鼠战斗服,而且……好的,辣椒鼠先生,我立刻过来!"

曼妙鼠放下电话,朝刚到的爱管闲事鼠挤了挤眼睛,"我觉得我们要先行出动!小胖鼠现在好像来不了。"

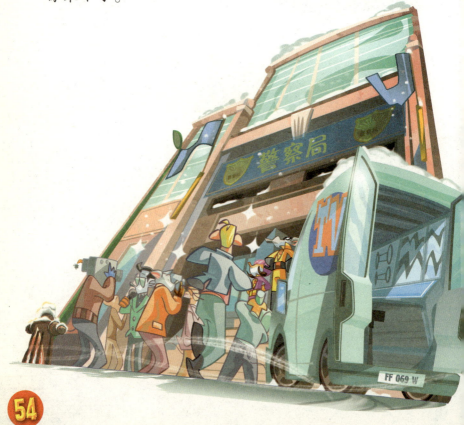

这两位**超鼠奇侠**很快便赶到警察局。

"瞧，是超级鼠和飞飞！"聚集在警察局总部门口等待自首流氓鼠新消息的**记者们**齐声高呼。

"你们怎么看待这起自首事件？你们觉得战斗就此结束了吗？没有了要对付的罪犯，你们又有什么打算？"

"真像是警察审讯啊！"

"我觉得我们不应该放松戒备。"超级鼠坚定地说。

"没错，我表……嗯，我的队友超级鼠说的没错。我们不能够排除这一意想不到的**举动**背后，藏有惊天阴谋……"

"那么……会是什么……阴谋呢？"麝香鼠警长从他们身后打断飞飞的话。

所有的闪光灯和**麦克风**顿时对准了他。

"麝香鼠警长……有什么新消息吗？**审讯**什么时候开始？"

"自首的流氓鼠表示愿意与警方合作。他们现在已经疲于**战斗**，不想再参与流氓黑鼠会的犯罪计划。很明显，在超鼠奇侠的帮助下，我们的行动取得了很好的成果！！！"

警长陶醉在**摄影记者**的闪光灯下。

"那你们有什么打算？"记者们大声问。

"目前，我们会把这些流氓鼠**关押**在警察局的囚室内，之后会转移至罪鼠监狱收押。今后，奇鼠城的**市民**可以高枕无忧了！"

"我并不乐观地这么认为……"超级鼠插嘴道。

"不要这么悲观，超级鼠！"

"决不能放松戒备！"超级鼠说完，一**跃**而起，离开了警察局。

"我们回秘密基地吗？"飞飞问她的超鼠队友。

"当然不是。我只是想远离众鼠的**视线**，然后再决定该怎么办……我真想变成一只苍蝇，到关押流氓鼠的囚室看一看！"

"这个难不倒我！"

飞飞欢快地说，"我可以变得很小很小，然后钻进囚室……"

"以一千根香蕉的名义发誓！你说得对，飞飞！你可以亲自去听听那些流氓鼠在说些什么。我来想办法把你送进去！弹弓模式！"

"得令，超级鼠老大！"超鼠战斗服**小声**地回答，它总是勤恳地执行超级鼠的命令。

超级鼠变成一把巨大的**弹弓**，弹子就是变得很小的飞飞。

"开弓……"

飞飞落在窗台上，悄悄进入警察局总部，而超级鼠则躲在大楼背后的小巷子里，等着飞飞带回新消息。

几分钟后，飞飞回来了，嘴角露出一抹灿烂的 <u>微笑</u> 。

"你听到什么了吗？"

"不太容易！因为他们一直窃窃私语，声音很小，但是我听到他们多次提到 '恶' 什么的，那种语气我一点都不喜欢！"

超级鼠开玩笑地说："这可是他们有生之年第一次尝到牢狱饭的滋味，

应该是说很 '恶劣' 吧！！！"

飞飞点点头。

超级鼠继续说："我觉得应该没什么问题了。我们可以回家，专心享用科贝卡准备的丰盛晚餐！"

在市政厅的地下停车场里，一个下水道井盖的金属边缘**突然**被一道火光截断。

"快点用氢氧割锯……"

"快好了快好了，大头鼠……完成！"

下水道井盖被打开移至一边。三个流氓鼠一个接着一个地钻出地面。

"等一下！"

大头鼠下令，他看了看时间，说："车应该很快就到……"

　　果然，车灯照亮了黑暗的停车场。

　　"来了……你们藏到柱子后面，快点！等我的指示！"

　　三个穿着工作制服的清洁鼠从一台小卡车上下来。

"快些动手，做完就可以回去钻进暖暖的被窝里了。"其中一个鼠一边从车上搬下设备，一边说。

"快！"

大头鼠对同伴说。

三名清洁鼠面前突然出现了三个体形高大、面容凶狠的老鼠。

"呃，你们……你们是谁？"清洁工胆战心惊地大声问道。

双方很快扭打起来，不过流氓鼠不费吹灰之力便占据了上风。

"快点！把他们的制服脱下来，然后捆住，塞住他们的嘴巴。我们一分钟都不可以浪费。"大头鼠吱吱叫道。

三个**狡诈**的流氓鼠穿上清洁鼠的制服，提着水桶和扫帚，推着清洁车，搭乘电梯，登上七楼。

滑门打开，面前是一条长长的通道，通道两边是一间间办公室的门。

"嘿，你们……"一名**警卫**突然从一扇门里走出来，"你们在这里干什么？"

"我们是清洁员！"

"哦，清洁员，好的！他们之前没有通知我。那你们好好工作吧！"

警卫又回到装有保安**监视仪**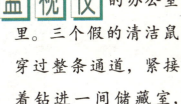的办公室里。三个假的清洁鼠穿过整条通道，紧接着钻进一间储藏室，并反锁上门。

"快停下，别拿着扫帚挥来挥去！"

"别作声！"大头鼠吱吱叫道。

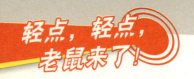

"如果**大楼**地图没有问题的话，我们要找的办公室就在通道尽头……"

"那我们现在该怎么办？"

"办公室里到处都是警察、记者和摄影机，他们在准备新年**演说**的活动。"大头鼠解释道，"我们得等雪怪恶鼠的效应发挥作用才可以！"

"呃，可是这里空间太小了！"

"是啊，而且缺**氧**！"

"我怎么这么倒霉，和你们这样的同伴一起！"大头鼠不耐烦地说，"希望顶贼鼠和鼠马仔那边能顺利些。"

说完，他开始把玩起一个看起来像对讲机的设备。

滋！

嘀！

滋！

"我是大头鼠……听得见吗？完毕。大头鼠向老大发回报告，完毕。第一阶段取得成功。我们在大楼里，目标唾手可得，完毕。"

黑大班在噬鼠洞的宝座大厅内对着无线接收器喊道："很好！鼠马仔和顶贼鼠也已经准备好了。一旦华普和广播电视总部取得联系，我们就立刻行动。完毕，收线！"

黑大班看着他身边年轻的流氓鼠，说："进展如何，华普？"

"我正在隔离次级电缆，老大。"

华普回答，"过一会儿，奇鼠城所有的电视和广播就会和我们噬鼠洞相连……"

"哈，哈，哈……我已经可以想象超鼠傻瓜们看见我出现在他们的电视屏幕上的表情了……"

"那真的很壮观。"卡利奴幸灾乐祸地说。

鼠镖一、二、三大声说：

"老大……"

"……他们应该授予您……"

"……最佳电视鼠称号！"

"老爸……我在想，这是你第一次以地面鼠首领兼老鼠驱逐者的身份公开露面，"菲丽斯插话道，"应该配上庄重的背景音乐……"

"我从来没有听过什么'背景'的音乐，"

泼辣妇咧嘴笑道，"是一个新的乐队组合吗？"

　　"不是……我的意思是，在老爸致辞的时候……可以配一点音效，等等，等等……你们觉得灾难鼠乐队的音乐如何？或者坍塌鼠乐队呢？他们的音乐真是超级好听啊……

先给你们听听他们最新推出的唱片吧！"

　　一首电吉他二重奏的乐曲以最大音量在大厅内回荡。

鼠镖一、二、三赶紧捂住耳朵。

"菲丽斯，快别**折磨**我们了，拜托！"黑大班喊道。

菲丽斯抬头看看，不得不中断音乐。

"唉，你们不喜欢坍塌鼠乐队，只能说明你们都老了……"

黑大班派手下给他送来一面镜子。

"这个声波风暴简直快把我的头发**吹乱**了！"

"噢！怎么会？我亲爱的小班班！"泼辣妇安抚他，"你是最完美的！"

"那你们想听听别的什么吗？"菲丽斯问。

黑大班瞟了她一眼，说："不必了，什么音乐都不要！我想听的只是奇鼠城市民齐声讨饶的声音……"

华普的声音从扬声器里**吱吱传出**。

"老大……完成了！"

"很好……"黑大班冷笑道，"我已经作好现场直播的准备了！"

来自地下的干扰！

史奎克城堡笼罩着一种奇怪的气氛，岁末**节庆**的喜悦被满脑子的疑惑和紧张所代替。

"所以你们没有发现任何**异样**？"

"没有，科贝卡……什么也没有发现。"曼妙鼠坐在电视机前的沙发上回答。

"山雨欲来，**暗潮**汹涌。"黄大师评论道。

"我也是这么想的，大师。"

爱管闲事鼠表示同意。

"我不明白麝香鼠**警长**怎么能表现得那么平静……"曼妙鼠插话道。

科贝卡反驳道："或许他得到了市长德拉蒂·泥沼鼠的指示！或许市长请他安抚**民众**……"

"看，德什么……市长！"爱管闲事鼠调高了电视音量。

电视屏幕上出现了奇鼠城正直的女**市长**德拉蒂·泥沼鼠微笑的模样。

"她正要开始岁末演讲。"科贝卡说。

"亲爱的奇鼠城市民，晚上好。"女市长面带灿烂的**微笑**致辞，"正如大家所知，今天发生了一

来自地下的干扰!

件史无前例的大事。长期以来，来自地下的居民无休无止地滋扰我市的安宁。而如今，一小队流氓鼠主动向我市警察局投降。麝香鼠警长承诺，形势在我们的掌控之中。我们有理由相信，经过这次投诚行动，臭名昭著的流氓鼠会的势力将大大受挫。我

们……"

突然，德拉蒂·泥沼鼠的脸上露出了惊恐的表情，只见一个巨大的白色**手爪**抓住她，远处传来一声沉喝："计划有变，市长女士！"

爱管闲事鼠和曼妙鼠腾地一跃而起。

"这是……什么东西……"

"应该是**喜马拉雅雪鼠**。"科贝卡观察道。

"什么？"

"喜马拉雅……"

"喜马拉雅雪鼠，也就是雪怪恶鼠！是一种传说中的**生物**，据说生活在喜马拉雅山脉的某个角落……"

"那它在电视里做什么？"

"**是啊是啊是啊**！你刚刚说听到'恶'

什么的？！"爱管闲事鼠惊叫道，"飞飞跟踪的流氓鼠当时就在说这个！"

摄像机 镜头对准两个浑身白毛的恐怖生物。它们的身形比正常的老鼠高大壮硕许多。

"以一千根香蕉的名义发誓，市长真的遇到**麻烦**了！"爱管闲事鼠叫道。

紧接着，电视信号中断，图像消失。随后，电视屏幕上出现了一副再熟悉不过的嘴脸。

"**哈，哈，哈**……老实说，你们是不是很想念我呀？！"

黑大班的笑声透过电视扩音器传出。

"不好意思，亲爱的奇鼠城敌鼠，我切断了你们的电视信号，因为我有一则紧急通告要宣布！"

"他是怎样做到电视插播的？"曼妙鼠不解地问。

"应该是**潜入**了广播电视台的信号系统。"科贝卡说。

"你们可以安静点吗？！"黄大师大声说，仿佛

也失去了平静。

黑大班的 **声 音** 又开始响彻史奎克城堡的大厅。

"我来这里是要给你们下达一道精确的指令……请你们搬离奇鼠城，永远不再回来！这一指令针对你们所有鼠，"黑大班继续说，"尤其是穿着  的超级老鼠。你们破坏了

我迄今为止的所有计划……你们是最应该率先离开的老鼠！"

"让我先抓住你再说……"

爱管闲事怒吼道。

"从现在起，奇鼠城属于我！请你们收拾收拾赶紧滚吧……哈哈哈！！！我们已经占领了市政厅，你们的防卫部队也在我们的掌控之中！不仅如此，我的雪怪恶鼠部队很快便会洗劫你们的银行和珠宝店！没有鼠可以阻挡我们！加油，蠢老鼠们，你们自己好好想想吧！啊，差点忘了，今天是 12 月 31 日，所以，亲爱的敌鼠们……

新年快乐！

当黑大班的面孔从电视屏幕上消失时，曼妙鼠将头探出窗外，惊叫道：

"快看外面，大表哥！"

一幅未曾见过的场面映入爱管闲事鼠的。一支雪怪恶鼠的队伍正在大街小巷里走着！

"我才不会被一小队毛茸茸的雪怪吓到呢！"爱管闲事鼠回答。

"我们可以阻止他们，一定可以！"

"对了，小胖鼠在哪儿？"

科贝卡打电话过去，但是没鼠接听。"怎么回事？电话**通**了，小胖鼠为什么不接？"

"我打赌他把**手机**忘在超级比萨店里，而自己跑出去送最后一份外卖！"

"这样可不好！"

爱管闲事鼠说，"这一次我们不能没有他！"

"不过，我们还是可以掌控先机！"科贝卡高声说道。

"什么先机？"

"黑大班在电视里列出了他的进攻目标。起码我们现在知道,他抓住了市长……"

"他还提到了银行……应该是指金融区?" 爱管闲事鼠推断,"关于防卫力量,他说的应该是警察局吧?"

曼妙鼠**紧张**地看着他,但是黄大师又用他的智慧适时鼓励了她。

"千钧一发之时,
英雄们要协调一致!"

"说得好，大师！估计警察现在正在往**市政厅**聚集，因此我们得尽快赶到金融区……幸好那里离史奎克城堡很近。"

科贝卡将他们**推**出大厅，"快去基地！带上小胖鼠的制服……说不定用得上！"

爱管闲事鼠和曼妙鼠骄傲地互相**对视**，然后一起默念到五，再一齐跳起击掌喊出他们的口号：

"超鼠奇侠，棒！！！"

夜幕悄然降临，小胖鼠·史奎克踩着**雪地电动车**穿行于积雪的街道上，对雪怪恶鼠的威胁浑然不知。

"这是最后一张订单了……再也没有什么事情可以阻挡我回去享用晚餐了！"

小胖鼠**减速**转入一条宽阔的林荫大道，道路两旁的树木都裹着白雪。

"那是鼠类博物馆，

应该差不多到了！"

小胖鼠在大楼前停下车，朝着**明亮**的大门走去。一位穿着优雅的女鼠正在门口等着他。

"您是敏思·沉静鼠**律师**吗？"小胖鼠说，"我经常在 电视 上见到您。"

敏思·沉静鼠对他笑了笑，什么也没说。

她好像有些尴尬，不习惯被认出来。

"恕我不太礼貌地问一句……您住在这里吗？"

"哦，不……这里是金融区，只有写字楼和银行。十分遗憾，我和您一样，这个时间还在工作！我有一桩案子要开庭，今天在办公室里**关**了一整天了。对了，**比萨饼**，我得付您多少钱呢？"

"这是我本年度送出的最后一个比萨饼，如果您不介意，就让我以超级比萨饼店的名义送给您。新年快乐，沉静鼠律师……"

敏思对他微笑致谢，然后转身走进大楼。

小胖鼠则发动电动车，**箭一般**地朝着史奎克城堡进发。

就在这时，他发现一个白色的身影正横穿马路。

"**嘿！**过马路怎么也不看着点？"小胖鼠喊道。

　　小胖鼠没来得及注意到那个家伙的不同之处：按照一名奇鼠城市民的标准来看，他的身材太过高大、**毛发**太过浓密。

　　因为小胖鼠的注意力被更重要的东西吸引了，就在几米外，一辆汽车从地面升起，好像故意要朝他身上**砸过来**一样！

"什么？超鼠战斗服！"小胖鼠嘟囔着，惊讶极了。

战斗已经开始。

"这些怪兽是从哪里冒出来的，飞飞？还有……它们到底是什么东西？"蓝色魅影问她的队友。

"是黑大班训练出来的……他之前还出现在电视上，你没看到吗？"

"黑大班出现在电视上？"

蓝色魅影惊讶地问。

就在那时，一个雪怪恶鼠从身后偷袭飞飞，将她从地上一把举起，然后……

将她摔向**远处**，就像抛出一颗小石子一样。

幸好一个红色的身影及时加入战斗。

"喂！这边啊！毛茸茸的**大傻瓜**！怎么这么没教养？不知道好男不跟女斗吗？"

咆哮仔随即揪住那个雪怪恶鼠，就像握住一个**保龄球**一样，狠狠地将它摔向白毛同党堆里。

蓝色魅影过去支援飞飞，"你没事吧？"

"放心吧！这些毛毛**球**和我们之前的资格考试＊相比根本不值一提……不过它们实在太讨厌了，我倒要看看它们究竟是什么东西……咦，雪怪恶鼠跑到哪里去了？"

"以一千根香蕉的名义发誓……它们消失了！"

"糟糕！他们会跑去哪里呢？"咆哮仔挠着头问。

"我们最好待在一起！" 蓝色魅影提议，"说不定他们正在密谋新一轮突袭……"

＊飞飞指的是超鼠奇侠的资格考试。这个考试难度很大，但只有通过这一考试，才能获得文凭，从而有资格成为超鼠奇侠的成员。

超级鼠与她四目交投，顿时激动得胡子都**颤抖**起来。

多么深邃的目光，多么迷鼠，多么……

哎哟！嘭！

超级鼠朝着蓝色魅影走过去，不小心被自己的披风**绊倒**，一头栽进积雪里。

"你怎么可以在这样的时刻置身于我的双脚之间呢？"超鼠英雄对超鼠战斗服抱怨道。

"对不起,超级鼠老大……不过,如果你站不稳,不如采用防滑雪地鞋模式……"

"我根本**用不着!**"超级鼠打断它的话,"不过希望你离我的脚越远越好!"

"**言出必行,老大!**"披风突然飘向天空,勾住一根树枝。

滋滋

这一次,超级鼠被**悬挂**在树枝上,引得伙伴们哄堂大笑。

"等回到秘密基地,我再好好教训你!"

"我好得很，不用教训，超级鼠老大……"

**"我说，你们还真是
天生一对！"**

蓝色魅影打趣地说，一边帮超级鼠从树上下来。

他们的**目光**如此靠近……

"喀喀……"飞飞插嘴道，"别忘了我们有任务在身哦！"

**"对哦对哦对哦！
好哇好哇好哇！"**

"你说得对，飞飞！"

"加油！我们立刻行动！"

这时天空飘起了雪花，超鼠奇侠们沿着雪怪恶鼠的足迹追击，一直追到一个黑漆漆的**废弃**公园，公园里矗立着上百座冰雕。

鸡皮疙瘩！

"咦，这是在哪里呀？这些东西让我浑身起**鸡皮疙瘩！**"超级鼠说。

"放心吧……这些不过是小朋友们堆的雪鼠。"

咆哮仔安慰道，"今天下午有很多小朋友在这里玩耍，参加奇鼠城堆雪鼠**大赛**……"

"你们看！那些雪怪恶鼠的脚印越来越深了……我仿佛闻到了**阴谋**的味道……"

"加油！"曼妙鼠鼓励大家，同时也在自我激励，"我一点都不害怕，虽然它们强壮得像大猩猩，速度快得像猎豹……"

超级鼠招手示意同伴们紧跟着他前行。

"加油，大家跟上！"

超鼠奇侠谨慎地观察着四周。

"警察到哪里去了？"咆哮仔问道。

"这里感觉像是**世界尽头**一样，连巡逻队的影子也看不到……怎么会这样？"

"这很容易解释，"飞飞说，"很简单，不是吗？黑大班绑架了市长，全部**警力**都集中到市政厅了，城市的其他地方自然就落入了雪怪恶鼠手中。"

"那太可怕了！"

咆哮仔高呼。

突然，从公园的另外一边传来了令鼠不安的声音。奇鼠城的卫士们竖起了耳朵。

啪嚓! 砰! 嘎嘣!

超鼠奇侠们躲到雪怪身后观察。"雪怪恶鼠正在洗劫银行！"

超级鼠下令：

"超鼠奇侠，行动！"

几乎全部警察都匆匆赶去**支援**被困在市政厅的市长，只有四名警察留守警察局。

"超鼠奇侠说得没错！"

其中一名警察抱怨道。

"他们怎么可能投降？流氓鼠不是在准备进攻吗？我不敢想象他们下一步会采取什么行动……"

四名警察的 ~~想法~~ 一致，他们担忧地彼此默默交换了眼神。

其中一名警察突然打破沉寂："也许我们应该巡视一下那几名囚犯……"

"我和你一起去。"另一名警察说。

两名警察朝着关押流氓鼠的牢房走去。

看着他们沿着长廊走过来，牢房里的一个流氓鼠朝他的同伴示意。

"大家准备好……"

流氓鼠们悄悄地一一传达着这一命令。

"你们在做什么？"警察发现异常，走到牢门前大声呵斥。

流氓鼠们面露挑衅的冷笑。

"你们完蛋了！"刚刚沦为阶下囚不久的一个流氓鼠揶揄道。他不是别鼠，正是狡猾的鼠马仔。"你们真的以为我们是流氓黑鼠会的叛徒吗？！"

那个流氓鼠从他裤子的迷你暗袋中掏出一颗糖果吞下。紧接着，他愤愤地冲着警察冷笑道："亲爱的蠢老鼠们，我要是你们，现在立刻拔腿就逃！"

"进攻！"

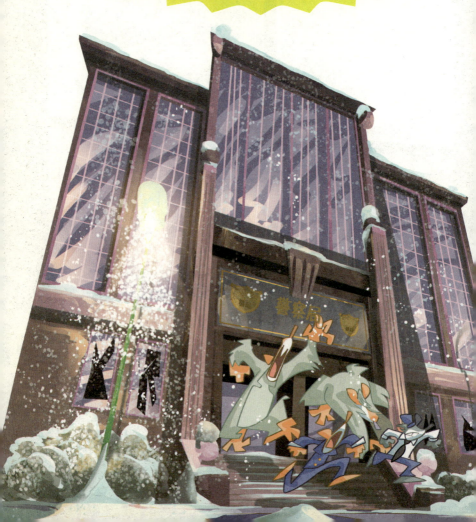

雪怪恶鼠的首领大声高呼："谁也阻止不了我们……奇鼠城属于我们！"

警察们飞也似的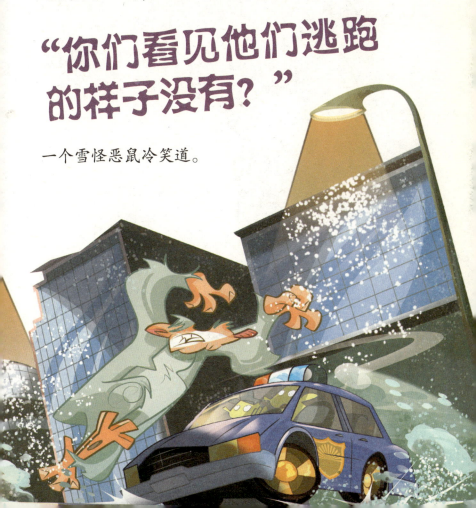警察局，赶在被雪怪恶鼠抓住之前，跳上一辆警车逃跑了。

"你们看见他们逃跑的样子没有？"

一个雪怪恶鼠冷笑道。

"我们胜利了！"鼠马仔欢呼雀跃，"警察局目前**空无一鼠**，他们无法再安排警力守卫奇鼠城。"

与此同时，流氓黑鼠会正在地下的噬鼠洞里准备进攻奇鼠城。黑大班在**更衣室**里作最后的准备，然后走出房间。"这真是我罪犯生涯中最最**荣耀**的时刻……"

菲丽斯窃笑道：

"穿着这身衣服，你看起来简直像个小丑，你等，等等……"

“别在这里胡说八道……这是历史性的胜利时刻！”黑大班**胸有成竹**地说，“划时代的胜利！！！宇宙性的胜利！！！”

　　说罢，他打开钻头汽车的车门。

"我们怎么处置这个该死的老鼠？"

卡利奴指着贝尼·波罗奈问。

　　“带上他，总会有用的！奇鼠城，我们来了！！！”

一盏路灯**亮**起来了，路灯下，一大群雪怪恶鼠正在**抢劫**银行和珠宝店。

哦，不，灯光来自金融区上空巡逻的直升机。

超鼠奇侠躲在雪怪恶鼠后面，抬头观察直升机。

"有光！我们的鼠来了！"飞飞说。

"让他们看见我们！"超级鼠高呼。

可是这一声叫喊，让超鼠奇侠的队长彻底暴露在了**一群**雪怪恶鼠眼前。

"我们要教训教训那个超级捣蛋鬼！"一个**雪怪恶鼠**说。

"终于找到你们了，该死的长毛怪物！"超级鼠眼睛眨也不眨。

"黄色旋涡模式！"

超级鼠向罪犯发起进攻，其他超鼠队员也与之并肩作战，和全副武装的雪怪恶鼠展开战斗。

"小心！"蓝色魅影大喊。

飞飞**急速**转身，发现一个雪怪恶鼠像一名摔跤手一样，想从背后扑到她身上。

蓝色魅影急忙将她**推**到一边，自己却被扑倒在地，动弹不得；咆哮仔也被撞翻倒地，他感到**头晕目眩**，正努力从地上爬起来。超级鼠转身担忧地看着这一幕。

一架警用直升机也赶来驱逐雪怪恶鼠。

蓝色魅影喃喃地对超级鼠说："我好冷。"

"以一千根香蕉的名义发誓！

这不是什么好兆头！"

"你以为我怎么啦，小傻瓜？"她微笑着说，"我躺在雪地上，能不冷吗？"

蓝色魅影在超级鼠的搀扶下站起来。

"加油！"超级鼠说，"现在的情况不太好，但是我们决不可以缴械投降！"

警用直升机撒下的网被雪怪恶鼠轻易扯破，就好像那是纸做的一样。

"交给我！"

咆哮仔自告奋勇，将胸口鼓起。

"粉笔头破耳音！"

然而，雪怪恶鼠好像根本不为所动。

"为什么？"咆哮仔嘟囔着说，"它们好像对我的超能力免疫。"

"难道是因为它们的 **毛** 太厚，挡住了声音？"超级鼠猜测。

雪怪恶鼠再次聚集，完全无视头顶上轰隆鸣响的直升机。然后，看起来像是头目的雪怪恶鼠大声高呼："**超级蠢货们**，你们无路可逃了！"

"天哪！"飞飞喃喃地说，"它们好厉害，动作很灵敏，数量也比我们多……

书呆子晶片表示我们只有 17% 的获胜概率！"

"总会有解决的办法，不过难度会超出我们的资格考试！"蓝色魅影说。

"考试！对啊……"

飞飞高呼。

"什么？！你想给雪怪恶鼠做测试？？？"咆哮仔不解地问。

"我想我明白飞飞的意思了，"超级鼠说，"你们

过来！"

超级鼠向队友们描述了他的计划。

"清楚了吗？"超级鼠问，"我们用黄大师在课后教给我们的最后一**招！** 这一招就是'全盘混乱'！这样，飞飞就有时间进行'考试'了！"

超鼠奇侠们全都点头。

"蓝色魅影和飞飞，你们留在后面。等时机成熟时，你们就要像离弦之箭一样往**相反方向**散开。我在前面，咆哮仔，你清理左右两边的障碍！大家都清楚了吗？"

雪怪恶鼠**虎视眈眈**地瞪着他们。

"没骨气的超级老鼠……你们要投降吗？"雪怪恶鼠的头目挑衅地喊道。

"不会，永远不会，该死的毛毛球！"

"好，这是**毛皮**标本，考试要用的！"飞飞以胜利的姿态喊道。

"现在……立刻撤退！"

超级鼠下令。

超鼠奇侠们赶紧退守到雪怪恶鼠无法攻击到的隐秘处。

藏好之后，他们立刻开始分析当前形势。

飞飞举起一小撮从雪怪恶鼠身上扯下的毛皮。"我立刻回秘密基地，**分析**毛皮样本，看看这些雪怪恶鼠的弱点到底在哪里……"

她的**超鼠队友**纷纷点头表示赞同。

"我会尽快赶回来！"她一边喊，一边膨胀成巨大透明的模样，踩着**溜冰鞋**飞奔离开。

　　"好了！我们先去营救市长！"蓝色魅影果断地说，"快，赶往市政厅！"

市政厅周围警车**云集**，超鼠英雄费了九牛二虎之力才得以靠近大门。

"超鼠奇侠来了！"鼠群欢呼。他们不畏严寒，只是想待在市长身边支持她。

"情况不妙！"

麝香鼠警长上前迎接超级鼠，坦言道，"市长和其他工作人员被困在六楼。"

"我有十几名手下正在努力拖住雪怪的进攻。另

119

外，我们已经损失了两架**直升机**，以及不
计其数的汽车。"

　　"那……那些投降的流氓鼠究竟是怎么回
事？"

"那是个陷阱，超级鼠……他们控制了警察局！"

"他们是怎么逃跑的？"

"好像是吃了一种奇怪的糖果，然后就变成了雪怪……"

"所以那些毛茸茸的白色巨鼠都是流浪鼠变的？以一千根香蕉的名义发誓，这真是一则大新闻！"

听到这番对话，咆哮仔凑到他耳边说："一颗糖果？！我们得赶紧告诉科贝卡。说不定这是揭开谜团的关键所在！"

超级鼠走到角落里，给科贝卡打了一通电话，然后回到看起来相当焦虑的蓝色魅影身边。

"你准备好帮我了吗，
蓝小姐？"

"我时刻准备着！我建议从多方面展开进攻。我从下面，而你……"

"……我从上空进入。就这么说定了！"超级鼠接话道。

"嘿，还有我呢！"咆哮仔抗议道。

"当然少不了你！对了，你的超级电动车在哪儿？"

"嘿嘿，我的电动车正在过来的路上……"

"你以为你吹个口哨它就会过来吗？"

"不是，是用这个！"

咆哮仔按动腰带上的一颗暗扣，他的战斗服衣领上的一枚迷你绿灯开始闪烁。

"这是科贝卡的发明，有了它，每当我忘记把

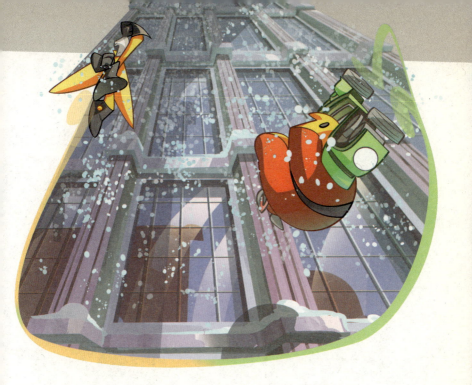

停在哪里时，就能派上用场了。"咆哮仔兴奋地说。

"好极了，咆哮仔！那么，你跟我来……，小型翅膀模式！"

"随时候命，超级鼠老大……"

眨眼之间，黄色披风变成了一对翅膀，超级鼠如般升空。咆哮仔也完成了复杂的变形，

踩着超级电动车跟在身后。

两名超鼠奇侠一直飞到六楼，隐约看见一排明亮的落地窗后面有四个**长毛**巨鼠正在监视着几个小老鼠。

"你有办法营救他们吗？而且要保证他们**毫发无伤！**"超级鼠问同伴。

"有！你在这里等我，随时准备进来……"

"你有什么好办法，咆哮仔？"

"相信我！虽然我的音效超能力对那些喜马拉雅**羊羊羊**起不了作用，但是我有其他办法……"

咆哮仔绕到大楼后面，通过大楼的一扇窗户破窗而入。"等事情办完后我会把窗户修好的！"红衣超鼠奇侠心中暗自想着。

他将电动车停在通道上，突然发现有一个雪怪正**把守**着一间大门紧闭的办公室。

雪怪有些心不在焉。咆哮仔立刻释放出他的青藤音：

EEEEEEEEEEEEEEEEEEE！

E E E E E E E E E E E E E E E

通道里装饰用的盆栽植物开始迅速**生长**，毛茸茸的雪怪恶鼠惊呆了，而我们的超鼠英雄躲在一边满意地微笑起来。

"警报！"

雪怪恶鼠慌乱地大喊。

窗外的超级鼠看见三个雪怪恶鼠离开房间。

"轮到我了！"他的直觉告诉自己。于是，他通过那扇窗户鱼跃而入。

"是超级鼠！我们得救了！"德拉蒂·泥沼鼠市长大叫道。

"市长女士……请原谅我的鲁莽。我会赔偿损失，重新装好玻璃！"

"呵呵，你还真有教养！"一个雪怪挪揄道。

"我们三敌一……你觉得你有赢的可能吗？"

另外一个讥笑道。

　　"毛毛球，你最好补习一下数学！"一位女鼠的声音响起。

　　原来是蓝色魅影赶到，身边还有咆哮仔！

　　超鼠女侠朝着敌鼠猛冲过去，击中其中两个。咆哮仔用蔓延的**植物**困住所有流氓鼠。"不用挣扎了，~~毛球~~雪怪！"

　　"我们得救了！真不知该如何感谢你们！"德拉蒂·泥沼鼠激动地说，跑上前拥抱超级鼠。

"战斗还没结束呢！"黄衣超级鼠坦言，"我们还没有找到**击退**雪怪的办法……整座城市乱作一团！"

咆哮仔不安地捏了捏拳头，"说实话，我的肚子现在也乱作一团。我已经好长时间滴水未进了……"

蓝色魅影被他逗笑了，不停地摇着头。

"我们要赶紧离开这里，赶在雪怪挣脱植物之前……"风情万种的超级女鼠说。

大楼外的街道上挤满了记者和市民，大家都在为鼠质得救而欢呼雀跃。

"超鼠奇侠到来，
我们有救了！"

德拉蒂·泥沼鼠市长一出市政厅就发表宣言："我

想借此机会向他们公开**致谢**……尤其要感谢蓝色魅影。"

市长转过身，可是身后空无一鼠。

"他们跑哪儿去了？"

"上面！"

有鼠喊道。

市长这才发现三名英雄已升到空中，在凛冽的**寒风**中离去。

一个小孩大声高呼："等我长大了，也要成为一名**超鼠奇侠！**"

市长听到这番话，走上前去，弯下腰对他说："很好。他们为奇鼠城无私奉献的精神值得我们每一个市民学习……"

史奎克城堡的厨房灶台上摆满了**搅拌机**、烤面包机和各式锅碗瓢盆，其中包括一台最新型号的显微镜。

"真有趣！"

科贝卡把眼睛凑在显微镜上观察，"毛皮是属于流氓鼠的。这一点证实了是黑大班将流氓鼠**变**成雪怪恶鼠的事实……"

"那我们怎样才能打败他们呢，科贝卡？"飞飞迫不及待想知道答案。

"我们有两个选择。一是等到变形失效，反正早晚会失效的……"

"不行，我们不能等！"

飞飞有些着急，"我们的城市正在被它们践踏！"

"那我们就得想办法找到解药，让它们变回'正常'的流氓鼠。"

"太**有趣**了！但他们怎样才肯服用解药呢？"

"鼠多势众，道行高深，不可力敌，只可智取。"黄大师从厨房探出头来，站到科贝卡身边，平静地说。

丁零零零

丁零零零

丁零零零

飞飞跑过去接电话。

"喂，这里是史奎克城堡……"

"飞飞，我是咆哮仔。现在我们这边的形势更加**错综复杂**了。你的研究……进行得怎样？"

"我们发现那些并不是真正的雪怪恶鼠，而是流氓鼠变的……"

"这个我知道。他们好像是吃了一种奇怪的糖果，然后就变成雪怪了。那我们现在该怎么办？"

"科贝卡正在寻找解药，让他们现出原形……"

"太好了！只是要快点，我不确定我们还能抵挡多……"

嘟嘟嘟嘟嘟嘟嘟嘟嘟

"喂！咆哮仔，你还在吗？天哪，他应该是掉线了……"

其实不是掉线，而是电话线被扯断了……

"没教养的丑八怪，你怎么可以打断别的鼠**讲话？！**"咆哮仔抗议道。

雪怪朝他扔出一盏路灯作为回应。咆哮仔急忙闪开。

"听不懂我的话吗，该死的~~毛毛球~~？我在打电话的时候，不喜欢被别的鼠打扰！"

雪怪恶鼠根本不理会，挥舞着路灯朝他砸去，仿佛手里的路灯是根大号的**棍子**。

幸好超鼠们已经在黄大师的补习课上学会了如何闪避来势汹汹的突然袭击。

"看见了吧，毛毛球！"

咆哮仔跨上电动车，加足马力。

呜呜呜呜呜呜呜

　　他赶到一个**仓库**前，超级鼠和蓝色魅影刚刚在那里**歼灭**了一群雪怪。

　　"我和飞飞通了电话。"咆哮仔说，"她和科贝卡正在研制一种**解药**……"

"终于有好消息了！"蓝色魅影嘟囔着说，"这些好像刀枪不入……"

"我们不能屈服！"超级鼠说。

"你们静一静！"

蓝色魅影打断他。

"什么？"

一阵奇怪的笑声在离他们藏身处不远的地方回荡。

"哈，哈，哈！"

三名超鼠奇侠面面相觑。那招牌式的笑声即便隐藏在鼠堆里也能被轻易辨识出来。

"黑大班在停车场……"

超鼠们从仓库的小门里探出头，看见外面停着钻头汽车，还有流氓黑鼠会的全班鼠马！

超鼠奇侠们赶紧退回仓库**藏好**，竖起耳朵仔细听。他们的敌鼠好像正在狠狠教训雪怪恶鼠。

"居然让那些**超级扫兴鬼**救走了市长……"卡利奴咬牙切齿地说。

"可是我们……"

恶鼠们试图辩解。

"没有借口！"

黑大班咆哮道，"超鼠奇侠还在四处活动，我在**广播电视**上的演讲直播也没有说服奇鼠城市民离开。看来，现在是时候发动最后攻击了……"

泼辣妇站在黑大班的身边，牵着那两只冻得**瑟瑟发抖**的小怪兽宠物。

"亲爱的班班……我们为什么不悬赏那些歼灭超级捣蛋鬼的勇士呢？！"

"绝妙的主意，亲爱的！"

"悬赏追捕超鼠奇侠……的确很妙！"卡利奴谄媚地附和道。

"最重要的是能解决问题！"菲丽斯哆嗦着说，"我想踩着滑雪板在雪地里尽情玩耍！"

"你们听见我的王位继承鼠的话了吗？加油，雪怪恶鼠们……挖地三尺也要把他们找出来，赶出奇鼠城！我们就留在暖和的钻头汽车里等你们的

好消息！"

"没问题，老大，我们这就去追！"

雪怪恶鼠迈着行军的步伐离开，一会儿便分散到了城市的大街小巷。

"现在怎么办？"超级鼠小声问。

"出其不意，打他们一个措手不及！"**蓝色魅影**提议。

"说得好！"咆哮仔表示赞同，"不过，呃……你有什么具体计划没有？"

"**你们看**那边，钻头汽车后面……看到什么？"

"摩天大楼？"

"公园？"

"不是！是雪怪恶鼠丢下的卡车，里面装满了从银行抢劫来的金银珠宝……"蓝色魅影解释道。

"所以所以所以！

需要一个计划……你们听我说！"

三名英雄凑到一起**窃窃私语**。

"你真是个了不起的军师，**超级鼠！**"蓝色魅影听完计划不由得赞叹道。

超级鼠顿时羞得面红耳赤。

蓝色魅影的赞许让他感觉像吃了**蜜糖**一样甜。

流氓黑鼠会的核心成员坐在钻头汽车里，**看见**两个再熟悉不过的身影从旁边经过……

"那不是超级鼠和蓝色魅影吗？"

黑大班高呼，"快发动汽车，卡利奴！还在等什么？！"

钻头汽车开动，行驶在**结冰**的路面上，却失去了控制，不停地**打滑移动**。

"你太无能了，卡利奴……都是因为你，我们现在不得不下车追赶！"

鼠镖一、二、三首先冲下车，后面跟着卡利奴和裹着燕尾服的黑大班。

泼辣妇则待在车里没有出来。

"我和菲丽斯在车里等你们。外面太冷了，我的头发会结冰的……"

"眼睛睁大些，别让波罗奈趁机逃跑了！"

"你放心吧，亲爱的小班班……只要他敢多挪一步，我就会让艾夫和波白啃得他皮骨无存……"

听到这番话，贝尼·波罗奈吓得倒吸一口凉气。他可以想象，自己早晚会落得类似的可怕下场。

与此同时，咆哮仔也从藏身处出来。他朝四周看了看，然后径直向停在钻头汽车后面的**卡车**走去。

他注意到坐在汽车后座的几个身影，是泼辣妇和菲丽斯，不过车里还有一个不认识的鼠。

"他是谁？"

咆哮仔小心翼翼地走上前，发现那个坐在钻头汽车后座的陌生鼠像一大块香肠一样被五花大绑着！

"我闻到了**绑架**的味道！"咆哮仔心想，"我得救出那个可怜的家伙！我可以用噢噢音从地下打一个洞，可是这样一来会有被雪怪恶鼠**围攻**的危险……要是飞飞在就好了！"

"真是说曹操曹操到"，他的超鼠队友飞飞**突然**出现在钻头汽车的后备箱后面。她朝咆哮仔挤了挤眼睛，然后朝着汽车门扔出小飞碟。

嘭！

"菲丽斯，怎么回事？"泼辣妇惊叫。

"我什么都没听见啊。"菲丽斯指着塞住耳朵的**耳机**大声说。

撞击接二连三地袭来。泼辣妇和菲丽斯从车窗探出头，想看看究竟发生了什么事。咆哮仔抓住机会，打开另一边车门，一把将贝尼·波罗奈**拖**出车外，然后迅速关上车门。

艾夫和波白在车座上急得乱蹦……

"你们听见了吗？我可怜的小家伙们……是不是被**吓坏**了？"

稀里糊涂的泼辣妇，竟没有发现贝尼·波罗奈不见了。不过，她注意到装着珠宝的卡车突然开动了。她被惊得**目瞪口呆**："救命啊！他们偷走了我们偷来的东西！"

菲丽斯心不在焉地回答："不仅如此，他们还偷走了我们的囚犯！"

飞飞和咆哮仔驾驶着装满金银珠宝的卡车在城

市的街道上**疾驰**，车上还有流氓黑鼠会的囚犯贝尼·波罗奈。

"你是谁？"飞飞问道，"我觉得你不像流氓鼠！"

浅毛鼠低垂下目光

："我叫贝尼·波罗奈。我是这一切混乱的始作俑者……"

"到底怎么回事？"

贝尼·波罗奈**简要**地向两名超鼠奇侠讲述了事件的经过。

"以一千块玛格丽特比萨饼的名义发誓！这真是一件糟糕的事情！"

"不过现在你不必担心了。"飞飞安慰他，朝自己的超鼠同伴眨了眨眼睛，"我们找到了**解药**……"

她一边说，一边打开一个包，里面装着几十个小包装袋……

"我有一点没有告诉班班家族……"波罗奈嘟囔着说，"'喜马拉雅之谜'有一个**副作用**。在变形的若干小时之后，他们会感到浑身奇痒无比！"

"太好了！"

飞飞高呼。

几分钟后，咆哮仔将卡车停在市政厅门前。

警长立刻认出了两位卡车司机。

"咆哮仔，飞飞……是你们！你们在这辆**卡车**上做什么？这又是谁？"

"我们找回了所有被雪怪**恶**鼠洗劫的金银珠宝。"飞飞解释道，"这是贝尼·波罗奈……他会向

您讲述**雪怪**的来历！我们还有任务在身……先走一步！"

两名**超鼠奇侠**将贝尼·波罗奈交给麝香鼠警长后，打算彻底解决所有雪怪恶鼠大军……

黑大班赶回钻头汽车里，他因为跟丢了超级鼠和蓝色魅影而感到十分**紧张**。卡利奴跟在身后，保持着一段距离，想象着老大火山爆发时的盛怒场面。

果然，回到钻头汽车后，听到另外两个更坏的消息，黑大班的怒火终于**爆发**了。

> "他们怎么会偷走珠宝？还有那个蠢老鼠怎么可能突然消失？？？"

"亲爱的班班，你不该把我们母女俩孤零零地扔下，那些超级老鼠偷袭我们……"

"是啊！"菲丽斯附和道，"我们奋力**抗击**……但是他们鼠数众多！"

"怎么可能？！"卡利奴插嘴道，"我们当时在**追击**他们！你们最多也只会碰上另外两个……"

"住嘴，卡利奴，要不然我会把这次**失败**直接算在你头上。"黑大班威胁道。

这时，从远处传来一个声音，径直向他发起傲慢的挑衅：

"滚下去，大皮球！"

"谁这么胆大包天，敢这样跟我讲话？！"

超级鼠和蓝色魅影出现在楼顶，紧接着敏捷地跳到地面上。

"你以为呢？我们夺回了你们从奇鼠城市民手里偷走的东西……"

"我们将所有东西物归原主……"

"超级邋遢鼠，你们自以为了不起的黑暗的生涯就此正式终结！"

"进攻，雪怪恶鼠！"

听到黑大班的命令，几十个雪怪不知从什么地方冒了出来，扑向两名超鼠英雄。

"蓝小姐，让我来收拾他们！超鼠战斗服，压土机模式！"

超级鼠变成一台巨型装甲车，雪怪们赶紧闪到一边，生怕被……压扁！"

超级鼠果断地朝着钻头汽车推进。

"呃，不！你别想摧毁我！"

黑大班开着车钻进**一条小巷子**，全副武装的超级鼠穷追不舍。

"可是，老爸……这里没有出路！"菲丽斯惊恐地吱吱叫道。

"**哼！**两块砖头也想拦住我！"黑大班加足油门。

钻头汽车朝着墙面径直冲过去。虽然墙体很**结实**，还是被紫色的豪华汽车轻易穿过。

可是，对巨大的压土机而言，钻头汽车**挖开**的通道太窄了！

"弹簧……模式！"

急忙变身，一跃而起，刚

好落入蓝色魅影的怀抱中。

"**哎呀哎呀哎呀！** 对不起，蓝色魅影！"黄衣超鼠英雄尴尬极了。

"噢，没事没事，超级鼠。"

雪怪恶鼠虎视眈眈地列队守在**巷子**口。

"在我们重新投入**激战**之前，我有句话想跟你说。"蓝色魅影说。

"有句话……想对我……说？说……什么？"超级鼠激动得结结巴巴。

"和你并肩作战很愉快，超级鼠。

准确地说是……一种绝无仅有的体验！"

蓝色魅影在他的前额用力一**吻**。超级鼠的耳朵都快冒烟了，心怦怦直跳，简直像火车**引擎**一样。

"蓝色魅影，我想说……你也是独一无二的。我……"

"超级鼠老大！"

超鼠战斗服打断他，"危险逼近，他们展开进攻了！"

超级鼠深吸一口气，而蓝色魅影朝着雪怪大军坚定地迎面而去。

超级鼠和她并肩作战，激昂地发出战斗的呐喊：

"没有任何事情可以难倒超鼠奇侠！！！"

在离市政厅不远处，咆哮仔和飞飞被一队恶鼠团团围住。没有**超鼠队友**的支援，他们看起来有点难以应付局面。咆哮仔努力拖延时间。

"你们的黑大班早就跑了，**扔**下你们在这里应战……"

"所以呢？！"一个雪怪反问道。

"我们会被载入历史……"另一个雪怪高呼。

"……作为超鼠奇侠歼灭者！"

另外一名同伴附和道，像傻瓜一样露出鄙夷的神情。

"我说，你们别这么趾高气扬的！"飞飞反唇相讥。

"嗯……听见那个穿着睡衣的超级老鼠的**满口胡言**了吗？你想怎样？我提醒你，你们现在是两个对付我们五十个！"

"你们最好回去补习一下数学！"

大家惊讶地转过头。

"**蓝色魅影！**"

"超级鼠！"

"我们终于会面了！"飞飞欢呼。

超鼠奇侠们和雪怪恶鼠都严阵以待，随时准备向对方发起进攻。

超鼠奇侠们趁机分析交流了一下形势。

"飞飞，你找到打败这些长毛雪怪的办法没有？"

"**当然了！**科贝卡为我们准备了一些含有

解药的糖果，可以让他们现出原形……"

　　飞飞给同伴们看了看装满糖果的腰包。

"以一千根香蕉的名义发誓！

我们得想办法说服那些雪怪吞下糖果！"

　　"正如黄大师所言——船到桥头自然直！"咆哮仔满怀憧憬地回答。

"只要耐心等待，总会有机会的！"

　　"可是他们很快就要扑上来了！"

　　"是啊……"咆哮仔说，"不过你们看看那些恶鼠在干吗！"

　　"呃，我的皮好**痒**！"一个雪怪恶鼠惊叫。

　　"我也是……"

　　"怎么回事啊？"

　　"我……**痒痒痒**……不知道怎么回事……"

"太痒了了了了！"

飞飞的脸上绽放出灿烂的笑容，并奚落雪鼠道："这是你们应得的报应！'**喜马拉雅之谜**'有**副作用**！"

"我们没有听说过什么副作用！"

"这个我早就料到了……"飞飞回答，"你们不过是**试验品**而已！"

"不仅如此"

飞飞接着说，"局部**瘙痒**只是早期症状……你们很快就会浑身**瘙痒**难耐，而且会不停地**打喷嚏**！"

雪怪恶鼠的脸上写满了难受。

"不要！浑身瘙痒！不要！"

飞飞觉得时机成熟，说：

"我们有解药！"

她以胜利之姿亮出糖丸。

"如果你们愿意，可以来找超级鼠医生看病！"

　　四名**超鼠奇侠**看着鸣笛的警车渐渐远去。

　　"我们看起来一定面色很差，对吧？"飞飞叹了口气。

　　"这是为**奇鼠城**战斗的漫长一夜！"

　　"我差点喜欢上这份新工作了！"超级鼠穿着医生袍，挂着听诊器，得意地说。

蓝色魅影**认真**地点点头。

"如果变形的副作用不是恰好在那个时间发作，难以想象……"

"别想了，蓝色魅影。不如我们来检查一下是不是一切都恢复正常了！"

"我想**警察**正在竭尽全力恢复城市的秩序。"蓝色魅影大声说。

超级鼠点点头。

"我们还要审问流氓鼠，"蓝衣女超鼠义正言辞地说，"流氓鼠对此次捣乱事件要负**全责！**"

"哇，你讲话的样子像极了律师！"

超级鼠朝她挤了挤眼睛。

蓝色魅影顿时**面红耳赤**，正要转移话题，

对超级鼠说道："呃……超级鼠老大，我很抱歉打搅你，我在想此时此刻的奇鼠城还需要我们！"

"**以**一千根香蕉的名义发誓。你说得对，流氓鼠还没有被击退呢！"

"他们不是已经被捕了吗？"

蓝色魅影问。

"可是黑大班和他的同伙逃跑了！"飞飞说。

"不管他们有什么阴谋，我们都要阻止他们！"

咆哮仔按动腰带上的 **按 钮**，他的电动车眨眼之间便出现在他面前。

"跟我来，**蓝色魅影**，我们立刻行动！"

"去哪里？"超鼠女侠问。

"目的地——市政厅。"超级鼠坚定地说。

"为什么去哪里?"

蓝色魅影问。

"因为整件事从那里开始！来吧，跟我来！"

"好的，超级鼠！"飞飞高呼。

"**雪橇模式！**"超级鼠对超鼠战斗服下令。

超鼠奇侠们像箭一般在城市里穿行，很快便抵达市政厅广场，广场上还簇拥着**欢庆**的鼠民。

"大家都挤在这里做什么？"咆哮仔高呼，"他们不是应该都回……"

鼠群的欢呼声给出了答案：

5、4、3、2、1……

新年快乐！

那一刻，超级鼠觉得自己实在是太幸运了，可以陪伴在蓝色魅影身旁，一起倒数跨年，不过他的思绪很快就回到**流氓黑鼠会**上。要想办法阻止他们，在他们实施其他犯罪计划之前！

　　超鼠奇侠从密密麻麻欢庆新年的鼠民之间挤过去，慢慢靠近市政厅大楼，**猜想**着流氓鼠下一步会采取什么行动。

　　超级鼠凭借敏锐的直觉想到了什么。

　　"那个舞台是做什么用的？"他问**鼠群**中的一个女鼠。

　　"是为泥沼鼠市长准备的。她将上台发表新年致辞……"

　　超鼠奇侠挤过鼠群，靠近舞台，想从近处仔细看一看。

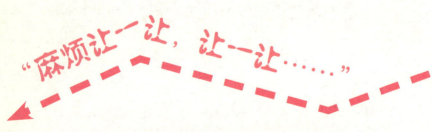

"麻烦让一让，让一让……"

　　"我们这是去哪里？"飞飞担心地问。

　　"我们得去找市长，赶在来不及之前……"

　　突然，麝香鼠从鼠群中钻了出来，大声喊道：

"超鼠奇侠！我正在找你们，发生了一件实在可怕的事……"

"发生什么了，**警长?** 市长在哪里？"

"流氓黑鼠会……我想阻止他们，但是他们从背后偷袭我！他们逃到了地铁的**隧道**里……"

"没问题！"超级鼠大声说，

"超鼠奇侠，行动！"

四名超鼠奇侠钻进**地铁**的隧道。

"他们将德拉蒂·泥沼鼠绑架到了噬鼠洞！为什么？"

"我不知道，飞飞……但是谜底很快就会揭晓……"

"你们看……那里有光**透**过来。"飞飞高呼。

"嗯……刚刚被移开的通风口！我们从这里下去。"超级鼠对同伴们说。

超鼠奇侠们一个接着一个钻进通风管……管道里弥漫的**恶臭味**说明下水道就在附近！

隧道**通往**一个臭气熏天的狭窄空间，那里连接着看起来错综复杂的管道。

"现在，

往哪里走？"

咆哮仔问。

"看我的……我来设定一下书呆子微型晶片……看，它显示出了流氓黑鼠会留下的热量踪迹。

他们是从这边过去的……走！"

瞬间，一股恶臭味将他们包围，比之前的味道还要强烈。

"我们到了……"飞飞对超级鼠说。

"嗯……我闻出来了……"咆哮仔附和道。

泼辣妇**歇斯底里**的声音在下水道的地下回荡。

"我们小心点，靠过去听听。"蓝色魅影低声道。

超鼠奇侠凑上前偷听。

"你得按照我们说的来做……"

"不可能……你们想怎样，随便。但我绝不会命令我的市民离开奇鼠城。"德拉蒂·泥沼鼠**坚贞**

不屈地说。

"您为何要将您自己和市民的性命置于险境呢？"泼辣妇游说道。

"其实，我们只是提出了一个非常合理的**交换**条件。我们上去，你们下来。您看如何？"

超鼠奇侠们小心翼翼地往前移动，藏在一根和地下河道平行的管道后面。

黑大班也凑到市长旁边，说："您不要**逼**我们采取更强硬的手段，明白吗？"

"如果你们以为这样可以吓到我，那么你们就大错特错了！"市长回答，"今天我学到了这一生中重要的一课……"

176

"哦，是吗？"

黑大班问。

"超鼠奇侠的事迹让我大开眼界。那就是——永不屈服，即便情况再令鼠绝望！"泥沼鼠坚定地说。

流氓鼠首领瞪大了眼睛。

"我不想……听……这些！！！"

"老爸……让我来处置我们的'贵宾'，如何？"菲丽斯满怀希望地问。

"不必了，大小姐，别开玩笑了……市长向奇鼠城市民传达的信息必须有说服力……"

"当然啦，黑大班，你这个木鱼脑袋！"超级鼠现身喊道。

"又是你？！"黑大班高喊道。

"讨厌，那家伙怎么总是在最关键的时候跳出来

捣蛋？真烦！"菲丽斯说。

"不过这一次，他落单了！"

泼辣妇冷笑道，"他没有机会……我们得抓住他！"

面对**威胁**，超级鼠的眼睛眨也不眨。他转身对德拉蒂·泥沼鼠说："市长女士，我来**救**您回去……奇鼠城欢庆新年怎能缺了您？"

"你们还在等什么？黑大班吱吱叫道，

"抓住他！"

鼠镖一、二、三越过恶臭的河道，不过他们没有想到河对岸的情形。

"超鼠奇侠，行动！"

蓝色魅影、飞飞和咆哮仔一起现身，以迅雷不及掩耳之势**袭击**那三个家伙。

　　"这是个阴谋！"泼辣妇尖叫。

　　"终于有所行动了……"菲丽斯欢快地说。

　　"蝙蝠模式！"超级鼠低声道。

　　"好，超级鼠老大！"不过，超鼠英雄发现自己变成了一把**伞**！

　　"我是说蝙蝠……不是伞！"超级鼠对着超鼠战斗服喊道。

　　很快，超级鼠的披风迅速变成一根**擀面棍**。

　　"超鼠战斗服！我又

不是要擀面，我想变成**蝙蝠！**"超级鼠不耐烦地喊道。

披风这时才展开双翼。

黄衣英雄展翅飞翔，朝着洞穴飞去，其他几名超鼠奇侠在洞穴地面英勇抗击鼠镖一、二、三。

"你完蛋了，超级蠢才！"

泼辣妇嚷道。

有什么东西从我们的超级鼠身边嗖嗖飞过。他**惊吓**地定睛一看，原来是泼辣妇在用一根鱼叉袭击他。

鱼叉直插在**岩石**上，扰乱了几只正在休息的蝙蝠。它们不耐烦地飞到空中，直冲向泼辣妇的脑袋。泼辣妇尖叫道："快帮我把这些该死的家伙赶走！救命啊！"

"你好，超级老鼠！"

菲丽斯一边跟咆哮仔打招呼，一边忙着给黑大班做贴身保镖。

"嗯，你好！"红衣超鼠奇侠回答。

两个鼠愣住片刻，相互**对视**。不过，这一场景被飞飞打破。

"加油，咆哮仔！快启动用你的大嗓门！"

"见鬼，你这个穿着粉红色睡衣的家伙……快滚开！"

菲丽斯不满地尖叫：

与此同时，咆哮仔深深吸气，准备发出他厉害的咿咿音。

"ⅲⅲⅲⅲⅲⅲⅲⅲⅲⅲ！"

尖锐刺耳的**粉笔头破耳音**让蝙蝠狂躁不安，它们疯狂地拍打着翅膀，在整个洞穴里四处乱飞。

"菲丽斯！"黑大班**尖叫**。

"菲丽斯，小宝贝！快把蝙蝠赶走！"

"哦，可是我的红衣超鼠奇侠去哪儿了？"菲丽斯问。

她发出一声几乎听不见的**尖细口哨声**，蝙蝠们仿佛听到了一种神秘的召唤，顿时钻进地下通道，消失得无影无踪。

洞穴里空荡荡的，只剩下流氓黑鼠会的成员。

蝙蝠不见了，超鼠奇侠也不见了……

"游戏还没有结束！"

黑大班喊道，"我一定会复仇的，毫不留情！

你们必须为这一次的 冒犯付出代价！"

第二天，史奎克家族的表兄妹和**黄大师**坐在餐桌旁。桌上摆满了各式蛋糕、**奶**油、热朱古力、饼干和其他新鲜出炉的美食。

"这是最后一盘了。"科贝卡端着一托盘糖霜**甜甜圈**走过来。

"我不能吃了，科贝卡，吃得快**撑死**了！"

"我也是，快撑得吐出来了……"曼妙鼠点头同意。

"你们在说什么？"小胖鼠咬着两个甜甜圈问。

"你怎么能吃那么多东西啊？"

"我们忙了一整**夜**，当然有胃口吃啦……"

"这个借口倒不错！"曼妙鼠高呼，她随手翻阅桌上的**报纸。**

爱管闲事鼠被头版刊登的一张图片吸引。

"我能看一下吗？"他问曼妙鼠。

"当然了……你会看到一大堆关于超鼠奇侠激战雪怪恶鼠的

文章……"

不过，爱管闲事鼠所关心的完全是另外一件事。

一张神情严肃、金发碧眼的女鼠的 相片 吸引了他的注意。

文章写道："敏思·沉静鼠**律师**，诉讼鼠律师的女儿，在法庭……辨认……为了那天……咨询会……"

超级鼠的脑海中闪过一个念头，他的嘴角扬起微笑。

"表哥，你为什么笑得那么**奇怪？**"

"我正在想，那位女鼠或许就是……"

"既然事关重大，"黄大师赶紧打断他，"一名真正的英雄首先得学会保守**秘密**……"

爱管闲事鼠看了一眼黄大师，折上报纸，拿起一块奶酪甜甜圈，又倒了一杯热**朱古力**。

"你又饿啦，表哥？"曼妙鼠问。

爱管闲事鼠回答，"黑大班发誓要报仇，我们得为下一战……吃好喝好，休息好！"

亲爱的鼠迷朋友，下次再见！